KB103479

울고 들어온 너에게

울고 들어온 너에게

김용택 시집

창비

차
례

제1부

010 어느날

011 찔레꽃

012 에세이

013 초저녁

014 유일한 계획

015 받아쓰다

016 아버지의 복사뼈

017 베고니아

018 그동안

019 초겨울

020 오래 한 생각

021 서귀포

022 마을

제2부

024 봄 산은

025 시인

026 낭만주의 시대

028 익산역

030 오래된 손

031 그날

032 개도 안 짖는다

034 건널목

035 달빛

036 한줄로 살아보라

037 우주에서

038 생각하기 전

039 하루

040 보리 갈던 날

042 울고 들어온 너에게

제3부

044   한번

045   생각난 김에

046   도착

048   가지 않은 봄

049   새벽

050   모든 것이 희미한데 나는 소스라친다

052   나비

053   언 발

054   실버들 그 한잎

056   가을 아침

057   10월 29일

058   본색

060   쉬는 날

061   이것들

062   동시다발

064   달의 무게

제4부

066   아버지의 강가

067   생각을 쓰다

068   마당을 쓸며

069   사랑을 모르나보다

070   조금은 아픈

072   처음

073   서쪽

074   포의(布衣)

075   산문(散文)

076   모독

077   나무

078   어제는 시를 읽었네

079   새들의 밤

082   달팽이

083   구름 밑에서

084   해설 | 김수이

099   시인의 말

제1부

어느날

나는
어느날이라는 말이 좋다.

어느날 나는 태어났고
어느날 당신도 만났으니까.

그리고
오늘도 어느날이니까.

나의 시는
어느날의 일이고
어느날에 썼다.

찔레꽃

외로운 사람은 자기가 지금 외롭다는 것을 모른다.
내가 그때 그랬듯이
먼 훗날
꽃이, 그런 빛깔의 꽃이
풀 그늘 속에 가려 있었다는 것을 기억할 것이다.
어떤 이의 희미한 웃음 같은 꽃이
길가에

에세이

한 아이가 동전을 들고 가다가 넘어졌다.
그걸 보고 뒤에 가던 두 아이가 달려간다.
한 아이는 얼른 동전을 주워 아이에게 주고
한 아이는 넘어진 아이를 얼른 일으켜준다.
넘어진 아이가 울면서 돈을 받고
한 아이가 우는 아이의 옷에 묻은 흙을 털어준다.
"다친 데 없어?"
"응."
"돈은 맞니?"
"응."

초저녁

산에서 내려온 아버지는 땀과 이슬에 젖은 옷을 벗어 강가 바위 위에다 얹어놓고 양손으로 강물을 찍어 가슴에 바르며 가만가만 강물로 걸어들어가 희미한 몸을 물속에 숨겼다가 다시 걸어나와 옷 속에 깃든 어스름을 털며 물결들이 모여드는 소리를 듣는다.

바위에서는 찬 이슬이 돋아나고
어머니는 처마 밑에서 강까지
희미한 길을 놓아주었다.

유일한 계획

이사를 가면
개를 키우겠다.

큰물이 나가면
물가에 나란히 앉아
물구경하다가

아내가 마당에 서서
밥 먹자고 부르면

귀를 쫑긋 세우고
나보다 먼저 일어서는
개를 한마리 키우겠다.

받아쓰다

어머니는 글자를 모른다. 글자를 모르는 어머니는 자연이 하는 말을 받아 땅 위에 적었다. 봄비가 오면 참깨 모종을 들고 밭으로 달려갔고, 가을 햇살이 좋으면 돌담에 호박쪼가리를 널어두었다가 점심때 와서 다시 뒤집어 널었다. 아침에 비가 오면 "아침 비 맞고는 서울도 간다"고 비옷을 챙기지 않았고 "야야, 빗낯 들었다"며 비의 얼굴을 미리 보고 장독을 덮고 들에 나갔다. 평생 바다를 보지 못했어도 아침저녁 못자리에 뜨는 볍씨를 보고 조금과 사리를 알았다. 감잎에 떨어지는 소낙비, 밤에 우는 소쩍새, 새벽하늘 구석의 조각달, 달무리 속에 갇힌 보름달, 하얗게 뒤집어지는 참나무 잎, 서산머리의 샛별이 글자였다. 난관에 처할 때마다 어머니는 살다가보면 무슨 수가 난다고 했다. 세상에는 내가 가보지 못한 수가 얼마나 많은가. 마을에서 일어나는 일이 남의 일 같지 않다고 했다. 사람이 그러면 못쓴다고 했다. 어머니는 해와 달이, 별과 바람이 시키는 일을 알고 그것들이 하는 말을 땅에 받아적으며 있는 힘을 다하여 살았다.

아버지의 복사뼈

어둠이 오면 잔물결들은
살얼음이 되어 강을 단단히 조인다.
처마 밑으로 싸락눈이 들이친다.
목숨을 매단다. 옥수수야,
씨앗들은 모든 걸 바람에게 주고
스스로 고립한다.
고립 속에는 수분이 없다.
빈곤이 단 것은 곶감뿐이다.
살얼음 주름에 싸락눈이 모여들어 강이 희미해졌다.
갈라진 발뒤꿈치 틈으로 외풍이 찾아드는지
어머니의 발이 자꾸 아랫목 콩자루 밑을 찾는다.
굳은살 박인 아버지의 복사뼈 절반이 밖으로 밀려났다.
산이 눈을 감는다.

베고니아

아파트 창틀을 넘어온 햇살이 좋았다.
햇살이 찾아오면 먼지들이 피어났다.
나 없이도 지들끼리
잘 놀다 가는 작은 뒷방,
베고니아를 키웠다. 새벽에 일어나
시를 쓰고, 쓴 시를 고쳐놓고 나갔다 와서
다시 고치고

베고니아, 아무도 못 본
그 외로움에
나는 물을 주었다.

그동안

농부의 아들로 태어났다.
초등학교 선생이 되어 살았다.
글을 썼다.
쓴 글 모아보았다.
꼬막 껍데기 반의반도 차지 않았다.
회한이 어찌 없었겠는가.
힘들 때는 혼자 울면서 말했다.
울기 싫다고. 그렇다고
궂은일만 있었던 것은 아니다.
덜 것도
더할 것도 없다.
살았다.

초겨울

나는 초겨울이
젤로 좋다.
강물을 만나러
혼자 들 끝까지
갈 수 있다.

오래 한 생각

어느날이었다.
산 아래
물가에 앉아 생각하였다.
많은 일들이 있었고
또 있겠지만,
산같이 온순하고
물같이 선하고
바람같이 쉬운 시를 쓰고 싶다고,
사랑의 아픔들을 겪으며
여기까지 왔는데 바람의 괴로움을
내 어찌 모르겠는가.

나는 이런
생각을 오래 하였다.

서귀포

서귀포다.

생각 없는
바다는 등 뒤에 있고
나는 나무 아래 앉아 있다.

바람이 목덜미를 지나간다.
새가 하늘을 날며 운다.
나뭇잎들이 핀다.

시간 같은 것이 있을까.
그러면 돌담 너머로 네가
웃고 있을지 몰라

아주 쉽고
아주 쉽게 서서

마을

진달래야
너 인자 거기 서 있지 마.
그리 갈 사람 없어.

제2부

봄 산은

계집의 마음 같다.
계집의 마음 같다 해놓고
웃었다.

시인

내가
저기 꽃이 피었다고 말했다.
사람들이 나를 쳐다보았다.
내가 저기 꽃이 지고 있다고 말했다.
사람들이 나를 쳐다보았다.
그리고
너는 누구냐고 물었다.
나는 꽃을 보라고
다시 말했다.

낭만주의 시대

외상으로 책을 샀다.
책을 외상으로 사들고
서점 문을 나서는
나는 가난하였다.
가난이 달았다.

책을 외상으로 사들고
서점 문을 나서서
한시간 오십분 동안 완행버스를 타고
책을 보다가
차에서 내려 삼십분 동안
밤길을 걸어 집으로 돌아왔다.

어떤 날은 헌책을 샀다.
지게로 한짐이었다.

책을 짊어진 나는
볏나락을 짊어진 농부처럼
성큼성큼 들길을 걸어

집으로 왔다.

익산역

초겨울이다.
기차는 서울을 떠난다.
덜컹거리는 철로 곁에 돌아앉은 빌딩들이 보인다.
도시를 벗어나자 마당 있는 집들이 보이고,
문을 열어놓은 방에 켜놓은 텔레비전이 보인다.
집 앞을 순하게 돌아가는 도랑 가에
억새들이 가리키는 쪽으로
오리들이 물을 차며
무음으로 길게 날아올랐다가
하늘을 한바퀴 돌고
도로 그 자리에 내린다.
귀환은 평화롭고 안착은 아름답다.
물결이 사라진 차창에 손을 대보았다.
티끌 하나 숨길 데 없는 파란 하늘이 차다.
들 건너 산 아래 마을들이 자꾸 지나간다.
어제와 오늘 여러가지 일들이
작은 동산의 잎 진 나무들처럼 다가와서
모양 없이 뭉개져 흩어지는 뒤쪽을 나는 돌아보았다.
서쪽 마을에 산그늘이 내리고,

혼자 김밥을 먹는다.

논산 강경 익산 들 끝

한일자로 누운 노을도

하루를 누린 그 누구의 고귀한 날이다.

서쪽 창가에 앉은 사람들의 얼굴이

동쪽 유리창에 비쳐 보인다.

내 붉은 얼굴도 섞여 떠 있다.

모든 것은 휙휙 지나간다.

해 있을 때 기차를 탔는데 6시 5분에 익산역에 내리고

기차는 6시 8분에 익산역을 떠나는 기적을 울린다.

꼬인 말들을 풀어 바로 놓아야 집에 일찍 닿는다.

서울역에서 기차를 타고 집으로 돌아가는 길,

나는 일 다 끝내고

무릎 위에서 이문 없이 쉬는

농부의 손처럼 착하였다.

오래된 손

김제 가서 할머니들에게 강연하였다.

살아온 날들을 확인시켜주었다.

저 어른들이 짊어진 짐 위에 더 무엇을 얹는단 말인가.

지금까지 짊어지고 걸어온 짐만 해도 힘에 겨운 한짐
이다.

할머니들은 고개를 끄덕이며 나를 환하게 바라보았다.

좋은 말 들었다며, 자기 속을 들어갔다 나온 것 같다며,

오래된 두 손으로 내 두 손을 덮어주었다.

그날

산이 서서 말한다.
알았다. 알았으니,
그만 돌아가거라.
나도 누울란다.

개도 안 짖는다

무엇인가를 잘못 눌러
써놓은 시들이 다 날아갔다.
머릿속이 하얘졌다.

며칠 후 세편이 돌아왔다.
한편은
마당에 우두커니 서 있고
두편은 뭐가 불편한지
자꾸 밖을 내다본다.

돌아오지 않은 몇편 중에
어떤 시는 눈썹이 생각나기도 하고
어떤 시는 아랫입술이 생각나기도 하고
어떤 시는 귓불 밑 까만 점이 생각난다. 언젠가는
그것들이 모습을 갖추고
돌아올지도 모른다.

개의치 않겠다.
나머지는 어디로 갔는지

이웃집 개도 안 짖었다.

건널목

나는 많은 것을 배웠다.
그러나
배운 대로 살지 못했다.
늦어도 한참 늦지만,
지내놓고 나서야
그것은 이랬어야 했음을 알았다.
나는 모르는 것이 많다.
다음 발길이 닿을
그곳을 어찌 알겠는가.
그래도 한걸음 딛고
한걸음 나아가 낯모르는 사람들과 함께
신호를 기다리며
이렇게 건널목에
서 있다.

달빛

강물을
거스르고
때로 따랐다.
물살이 센 곳에
박힌 돌이 되었다.
밀리기 싫다.
물이 부서진 곳으로
달빛들이 모여든다.

한줄로 살아보라

한줄의 글을 쓰고 나면
나는 다른 땅을 밟고 있었다.
내가 낯설었다.
낯선 내 얼굴이
나는 좋았다.
그가 나를 보며
나직이 말했다.
살아보라.

우주에서

어머니와 치과에 다녀왔다.

몸이 자꾸 한쪽으로 기울어지는

어머니 손을 잡았다.

어머니가 내 손을 꼭 쥐며 나를 올려다본다.

어머니의 눈에는 깊고도 아득한,

인류의 그 무엇이 있다.

살아온 날들이 지나간다.

어머니, 그리고 어머니.

생각하기 전

앞산에 바람 분다.
나는 마른 참나무 잎
부딪치는 소리를 들으면서도 잠이 든다.
떳떳한 아침 소낙비,
오후 늦게서야 시작하는 걱정 없는 부슬비,
싸리나무 노란 잎이 지는 소리에도
나는 밖을 내다보지 않는다.
소쩍새가 산에서 운다.
그 산이 어느 편 산일까 분간하지 않는다.
때로 밤을 새워 구른 자갈들이 내 등을 파고들 때도 있다.
그러나 나는 산그늘 뒤를 따라내려오며 서리치는 어둠을
두려워하지 않는다.
어떤 날은 돌아누운 앞산 어깨에 팔을 두르고
허리에 오른발을 얹고 근심 없이 잔 날도 있다.
그러나
그런 것들이
나에게 다 무슨 소용인가.
생각하기 전에 본 그대 얼굴이
나는 좋다.

하루

강이 있다.
건너면 산이다.
산이 시작되는 곳,
밤나무들이 서 있다.
감나무가 있고, 올라가면 묵정밭이다.
칡들이 어린 오동나무를 감고 오른다.
묵정밭 위에는 오래된 팽나무 위에 참나무 옆에
참나무 위에 산벚나무 위에 바위 옆에 너도밤나무
바짝 옆에 도리깨나무 아래쪽에 층층나무
옆과 위쪽에 또 아래 참나무 위에 소나무
그리고 소나무 몇그루 다시 모여 푸르다.
바람이 불고
새들이 바람 속을 날아다녔다.

보리 갈던 날

비탈진 앞산 밭에서는 닥나무들이 자랐다.
아버지는 소를 따라 밭을 갈았다.
그 뒤를 따르며 큰집 할머니가 보리씨를 뿌렸다.
그 뒤를 따르며 어머니가 몽근 거름을 뿌렸다.
나와 동생들이 어머니 뒤를 따르며
보리를 덮었다. 털이 뭉개진 소 잔등 멍에를 벗겨주고
식구들이 모두 강 쪽으로 앉아 쉴 때
왼손잡이 용구가 돌을 던져
감나무에 달린 까치밥을 떨어뜨렸다.
한쪽이 까만 먹감이
밭 아래로 떼굴떼굴 떽떼굴 굴러갔다.
셋째 용만이가 굴러가는 감을 따라 뛰어내려갔다.
얼굴에 어른거리는 물 그늘을
손을 저어 내쫓으며 할머니가 웃었다.
감을 들고 한참을 올라오는 용만이를
모두 바라보았다.
혜숙이와 복숙이가 막둥이 용태랑
마당에서 뛰어노는 것이 환히 보였다.
날개를 펴고 닭들이 도망 다녔다.

뛰어놀던 동생들이 문득
우리를 바라보았다.
해를 보고, 아버지가 일어나
소고삐를 잡았다.

울고 들어온 너에게

  따뜻한 아랫목에 앉아 엉덩이 밑으로 두 손 넣고 엉덩이
를 들었다 놨다 되작거리다보면 손도 마음도 따뜻해진다.
그러면 나는 꽝꽝 언 들을 헤매다 들어온 네 얼굴을 두 손
으로 감싼다.

제3부

한번

아침이다.
눈을 떴다.
귀뚜라미가 운다.
팔을 베고 모로 누워
귀뚜라미 울음소리를
가만히 듣는다. 그러다가
가만히 눈을 감았다. 그리고
가만히 눈을 떠보았다.
한번 그래 보았다.

생각난 김에

내가 죽은 후
이삼일 기다리다가
깨어나지 않으면 화장해서
강 건너 바위 밑에 묻어라.
사람들이 투덜거리지 않도록
표나지 않고 간소해야 한다.
내 곁에 어린 나무나 풀들이
자라도록 내버려두어라.
지금 그 생각이 나서
생각난 김에 적어둔다.

도착

도착했다.
몇해를 걸었어도
도로 여기다.
아버지는 지게 밑에 앉아
담뱃진 밴 손가락 끝까지
담뱃불을 빨아들이며
내가 죽으면 여기 묻어라, 하셨다.
살아서도 죽어서도 여기다.
일어나 문을 열면 물이고
누우면 산이다.
무슨 일이 있었는가.
해가 떴다가 졌다.
아버지와 아버지 그 아버지들, 실은
오래된 것이 없다.
하루에도 몇번씩 물을 건넜다.
모든 것이 어제였고
오늘이었으며
어느 순간이 되었다. 비로소
나는 아버지의 빈손을 보았다.

흘러가는 물에서는
달빛 말고 건져올 것이 없구나.
아버지가 창살에 비친 새벽빛을 맞으러
물가에 이르렀듯
또다른 생인 것처럼 나는
오늘 아버지의 물가에 도착하였다.

가지 않은 봄

나는 두려웠다.
네 눈이, 사랑하게 될까봐
사랑하게 되어서
나는 두려웠다.
네 눈이, 이별하게 될까봐
이별하게 되어서
세상에서 제일 두려운 눈,
나는 두려웠다.
내게 남기고 간
가장 슬픈 눈
나를 찾아 헤매던
슬픈
그 눈

새벽

번개가 치고 천둥이 운다.
이렇게 비가 오는 밤이면
아버지는 밀짚모자 쓰고
도롱이 입고 삽 찾아 들고
번갯불로 길을 찾으며
논에 물 여의러 갔다.
나는 퍼뜩 일어나
새로 쓴 시 몇줄을
얼른 지웠다.

모든 것이 희미한데 나는 소스라친다

어느날인지 모르겠지만,
그러니까 봄이었겠지.
삽을 들고 어디를 가고 있는데,
누가 주길래, 글쎄,
누가 주었는지도 모르는,
무슨 나무인지 자세히 물어보지도 않고, 봄이니까
받아들고 걷다가
여기다 심어야지 하는 생각도 없이
여기쯤이 우리 땅이 아닐까 하며
아무 데나
몇삽 파고 대충 심은 것 같은데,
전혀, 꽃은 생각지도 않고
별생각 없이
그냥
심은 것 같은데,
심은 기억이 희미한데,
모든 근거들이 희미한데,
마을에서 멀리 떨어진
희미한 산 아래

외진 곳,
(내가 왜 무엇하러 거기를 갔을까?)
검은 바위를 제치고
온몸을 드러내며
가만가만 마을로 걸어들어오는
저 흰 꽃은
도대체 뭔 일일까.

나비

바람아!
나비가 너에게 자꾸 밀리는구나.
바람이 나비의 모양을 만든다.

언 발

봄이 오면
새들이 앉아 잠들었던 나뭇가지에서
먼저 꽃이 핀다.

실버들 그 한잎

바람 속을 뒤적이느라
손등이 까맣게 탔네요.
봄이 얼마나 더딘지,
또 얼마나 순식간인지,
거기 서 있지 말아요.
사랑은 다니던 길로
오지 않는답니다.
생각은 이따가 하고
살며시 눈을 떠 날 봐요.
오! 밤처럼 두렵고 깊은 눈,
고개 숙인 수줍음이
사랑을 얼마나 풍요롭게 하는지,
사랑은 늘 한잎 목마른
수면과 수심 반반
바람이 지나는 그 사이이지요.
사랑의 반을 넘어설 때
끝은 타고 속은 젖을 때
살랑살랑
애태워 한잎 더 늘었지요.

잎은 생각보다 먼저 피지만
생각은 잎을 잡지 못한답니다.
달콤하게 깍지 낀 손을 놓고
갔다가 영영 못 올지도 모르는
목마른 물가로 밀려온 잔주름 같은
실버들 그 한잎.

가을 아침

구름을 다 쓸어내고
하늘가로 나도 숨었다.
그래, 어디, 오늘도
니들 맘대로 한번 살아봐라.

10월 29일

10월 29일이다.
아직도 논에 벼가
노랗게 서 있다.
'이게 시다'라는
시를 쓸 때가 있다.
내가 시일 때
시가 나일 때
삶의 전율이 내 몸에서
전부 빠져나갈
그때
내 한 손에는 자유, 그리고
나는 이제 다른 한 손으로
여기저기 기웃거리거나
뭐가 옳고 그르다고
어디다 쉽게
고개 끄덕이지 않겠다.

본색

비다.
가을비 맞는
논두렁이 아름답다.
본색이 드러나면
다른 색은 다 죽으므로
시에서, 아름답다는 말을 써도 양해된다.
마른 풀들도 젖어야 골고루 잘 마른다.
너는 먼 데서 천천히 젖으며 오는데
나는 선명해진다.
웃으며,
꽃잎을 세어보라.
어떤 때는 일곱장이고
다시 세어보면
도대체, 여덟장이다.
손가락을 꼽아가며
아닌데? 해봐야
소용없다.
코스모스 한들한들
오늘 내가 센 꽃잎은

일곱장인가 여덟장인가.

쉬는 날

사느라고 애들 쓴다.

오늘은 시도 읽지 말고 모두 그냥 쉬어라.

맑은 가을 하늘가에 서서

시드는 햇볕이나 발로 툭툭 차며 놀아라.

이것들

떡잎 옆에
막 돋아난
두 장의
배추 싹 중
한잎 절반을
갉아 먹고 나서
낭랑하게 우는 귀뚜라미.
뚜렷하고
또렷한
이것들.

동시다발

양식이는 국수를 팔고 있다.

이장 내외는 다슬기를 잡으러 간다.

현수 어머니는 버스를 기다리며 전봇대 아래 앉아 있다.

종길이 아재는 경운기 타고 강 건너 간다.

종길이 아짐은 고추 순 집는다.

재호는 이앙기로 모내기한다.

태주 어머니는 마루 창을 열고 앞산을 보고 서 있다.

종만이 어른은 회관 정자 기둥에 기대앉아 있다.

그의 부인은 망태 메고 산에 간다.

재붕이 어머니는 모 심은 데 간다.

재섭이 어머니는 강 건너 간다.

재섭이 아버지는 마당에서 허리를 굽히고 무슨 일인가
열중이다.

동환이 아저씨는 모내는 논가에 뒷짐 지고 서서 이앙기
를 보고 있다.

그의 부인은 우리 집 앞을 지나간다.

만조 형님은 자전거 타고 논에 간다.

형수는 버스 타고 친정어머니 병원에 간다.

나는 방송하러 전주 가려고 나선다.

아내는 감기 들어 기침을 하며 방문을 나선다.

판조 형님은 파 캔다.

형수는 제주도에서 아들이 보내온 갈치를 들고 간다.

당숙모는 깨밭 맨다.

세진이가 서울에서 와서 어머니를 모셔간다.

현이네 어머니는 하루 종일 보이지 않았다.

우리 집 뒷집 정수네 빈 집터 키 큰 옻나무는 하루 종일
바람에 흔들렸다. 그 위로 새들이 날아다녔다.

재섭이네 개가 컹컹 짖는다.

해는 지고

감자꽃은 하얗다.

달의 무게

달은 무슨 힘으로
자기의 무게를 버틸까.

그래서 간다고
곁에 누우며
아내가 말했다.

제4부

아버지의 강가

내가 산 오늘을
생각하였다.

해 넘어간 물가에
천천히 무거워지는
바위들처럼
오늘은 나도 쉽게 집으로
돌아갈 수 없다.

하루가 길고
무겁다.

생각을 쓰다

고기를 잡으려고 쉽게 뒤집어놓은
돌에는 오랫동안 고기들이 들지 않는다는 것을
나는 물 밖에 나와서야 깨닫는다.

마당을 쓸며

밤새워 운
귀뚜라미 울음소리를
쓸어모은다.
여보!
얼른 일어나봐!
내 귓속이 환해졌어.

사랑을 모르나보다

쓸 때는 정신없어.
써놓고 읽어보면
내가 어떻게 이런 시를 썼지?
놀라다가, 며칠 후에 읽어보면
정말 싫다. 사는 것까지 싫어
당장 땅속으로 푹 꺼져버리거나
아무도 안 보는 산 뒤에 가서
천년을 얼어 있는 바위를 보듬고
얼어 죽고 싶다.
이게 뭔 일인지 모르겠다.
나는 아직 사랑을 모르나보다.

조금은 아픈

가을은 부산하다.
모든 것이 바스락거린다.
소식이 뜸할지 모른다.
내가 보고 싶고 궁금하거든
바람 이는 풀잎을 보라.
노을 붉은 서쪽으로
날아가는 새떼들 중에서
제일 끝에 나는 새가 나다.

소식은
그렇게 살아 있는 문자로 전한다.
새들이 물가에 내려 서성이다가
날아올라 네 눈썹 끝으로
걸어가며 울 것이다.

애타는 것들은 그렇게
가을 이슬처럼 끝으로 몰리고
무게를 버리며
온몸을 물들인다.

보아라!
새들이 바삐 걸어간 모래톱,
조금은 아픈
깊게 파인 발톱자국
모래들이 허물어진다.

그게 네 맨살에 박힌
나의 문자다.

처음

새 길 없다.
생각해보면
어제도 갔던 길이다.
다만,
이 생각이 처음이다.
말하자면,
피해가던 진실을
만났을 뿐이다.

서쪽

속이 환한 구름을 보았다.
하루의 서편이 있다는 게 얼마나 다행이냐.
버려진 새들이 날아가 울 노을이 있다는 것이다.

포의(布衣)

바람 같은 것들이 사립문 근처에다가 마른 감잎이나 끌
어다놓고
인사도 없이 간다.
마당에 떨어져 얽힌 감나무 실가지 그림자들을
풀어주고
내 방에
반듯하게 앉아
시를 쓰다.

산문(散文)

　닭들이 장태로 들어가면 나는 닭을 세고 장태 문을 닫았다.

　우리들은 마당을 쓸어놓고 아버지가 돌아오실 때까지 놀았다.

　아버지는 지게 위에서 칡잎에 싼 산딸기를 뜰방에 내려놓으며

　땀에 젖은 소매로 얼굴을 닦았다.

　아버지를 본 소가 여물을 먹다가 고개를 크게 흔들었다.

　강에서는 물고기들이 개밥바라기별을 향해 별빛 속으로 뛰어들고

　우리들은 마루에 둘러앉아

　밥을 먹었다.

　어떤 날은 거지가 우리 밥상에 앉아 같이 밥을 먹었다.

모독

정말로 가난한 사람은
돈이면 다냐고 묻지 않는다.
정말로 가난했던 사람은
절대로 가난을 자랑하지 못한다.
인간을 버린 적이 있느냐?
진짜로 가난하면 돈이 다다.
진짜다.

나무

나는 창을
등지고 앉아
책을 보고
글을 쓴다.
책을 보다가,
글을 쓰다가,
문득 뒤돌아보면
날이 밝아 있다.
나무들이 서 있다.

어제는 시를 읽었네

어제는 시를 읽었네.
고라니는 다니던 길로 다니며
길을 내고
멧돼지는 아무 데나 다닌다네.
논에서 산으로 올라가는 희미한 길을 보며
농부가 그렇게 말했네.
나는 창문 너머로 보았네.
이웃집 농부가 비탈진 밭에서
휘청거리다가 나무토막처럼 쓰러지는 것을,
두리번거리는 겁먹은 그의 두 눈을 나는
숨어서 보고 말았네.
나는 어제 시를 읽었네.
한편의 희미한 길 같은 시와
애초에 길이 없었던 한편의 시를.

새들의 밤

사흘째다.

마을은 눈보라 속에 갇혔다.

밤바람 소리가 무섭다.

언 강 위로 눈가루들이 몰려다니다가 휘몰아친다.

나무와 바위들이 돌아서서 등으로 눈을 막으며 고함을
지른다.

새들이 눈보라를 뚫고 마을로 내려온다.

볏이 노란 멧새 날개가 눈보라에 밀린다.

딱새 한마리가 빈집 마루 끝에 앉아 운다.

먼저 다녀간 새 발자국들이 희미하게 덮인다.

하루 종일 마을회관 문은 열리지 않는다.

조청 달인 큰집 헛간 한뎃솥에 김이 솟고

하얀 연기가 낮은 굴뚝 끝에서 흩어진다.

아궁이 속까지 눈이 들이친다.

새들이 한마리 두마리 가마솥 주위로 날아든다.

배고픈 새들의 하루, 눈보라 치는 날은 어둠이 빨리 온다.

부뚜막에 올라 몸서리를 치며 젖은 날개를 털고

솥이 흘린 눈물 속 엿기름 삭은 단물에 언 부리를 적신다.

뼈에 닿는 추위, 꽝꽝 언 강물이 금 가는 소리에

가슴이 철렁 내려앉는다.

휘몰아친 눈으로 아궁이 앞 땅이 젖고

젖은 땅이 먼 데서부터 다시 사각사각 얼어온다.

왼발을 들고 있다가 내려놓고 오른발을 다시 든다.

털이 밀리고 가슴이 시리다.

도대체 바람은 하루 종일 어디를 저리 물어뜯는가.

내일이 보이지 않는다.

박새는 헛간 볏짚에 달린 덜 여문 벼 알 하나면 되고,

딱새와 멧새는 처마 밑에 매달려 마른

무시래기 한두입이면 되는데, 헛간이나 처마 밑에

시래기나 볏짚이 사라진 지도 오래되었다.

까맣게 그을린 들고양이가 아궁이를 찾아온다.

고양이가 다가오는 것을 아는지 모르는지 새들은

눈보라 속을 헤매는 명주실같이 가는 멧새 울음소리에

서로의 얼굴을 확인하며 가마솥 가까이 다가간다.

솥뚜껑도 부뚜막도 식어간다.

눈보라에 불터가 날린다.

눈이 맵다.

불이 사그라지고 솥이 식으면

우리 모두 어디로 날 것인가.
아궁이는 고양이에게 내주고
솥을 가려놓은 비닐 천장 쇠막대기로
날아가 나란히 앉는다.
비닐 천막이 펄럭이고 눈이 들이친다.
쇠를 디딘 발이 시리다.
좌우로 한발씩 밀착하여
몸을 기대고 무릎을 굽혀
가슴에 발을 묻는다.
허기진 모래주머니 속으로
으스스 한기가 스며든다.
발을 들었다 놨다
또다시 좌우로 한발씩 밀착하여
서로의 온기를 확인한다.
새들의 머리에 눈이 쌓이고
쉽게 잠이 오지 않는다.

달팽이

이른 아침 강에 나갈까 해요.
별생각 없어요.
누가 알아요.
그대가 저만치 가고 있을지,
혹시나 해서요.
어디만큼 가면
어린 달팽이들이
자갈 틈에 끼여
고민에 빠져 있을지 모르잖아요.
그러고 있으면 내가
자갈 하나를
약간 밀쳐줄까 해요.
해 뜨기 한참 전이어서
나는 그들이 늘 걱정입니다.

구름 밑에서

달콤한 혀끝이 되어
노을 속으로
날아들던 작은 새떼들
가을 어느날
구름 밑에서

'어느날'의 삶과 시

김수이

1

살았다, 살아온, 살아 있는, 살다가보면, 살지 못했다, 살아라, 살아보라……

김용택의 새 시집 『울고 들어온 너에게』는 '살다'의 활용에 의한, '살다'의 활용을 위한 시집이다. '활용(活用)'이란 무엇인가. "(사람이 무엇을) 살려 이리저리 잘 이용함"이다. '활용'의 첫 글자 '활(活)'은 "①살다 ②물이 콸콸 흐르다 ③물이 힘차게 흐르는 모양"을 뜻한다. 모름지기 '살다'는 물이 힘차게 콸콸 흐르는 기세를 지녀야 한다. 적어도 그렇게 상상되어왔다. 흐르는 물에는 동력이 따로 없다. 물의 무게와 바닥의 낙차가 곧 동력이다. '살다'는 흐르는 물처럼 쉴 새 없이, 높은 곳에서 낮은 곳으로, 살아 있는 존재 자신의 무게에 의해 흘러가는 일이다. "내가 산 오

늘을/생각하였다.//해 넘어간 물가에/천천히 무거워지는/
바위들처럼/오늘은 나도 쉽게 집으로/돌아갈 수 없다.//하
루가 길고/무겁다."(「아버지의 강가」 전문)

    달은 무슨 힘으로
    자기의 무게를 버틸까.

    그래서 간다고
    곁에 누우며
    아내가 말했다.

                            ──「달의 무게」 전문

    '활용'에는 다른 뜻도 있다. 동사, 형용사, 서술격 조사
('-이다') 등을 어미를 부려 다양하게 변용하는 것이다.
활용은 문법 규칙 이상의 의미를 갖는다. 활용은 말을 잘
살려 다채롭게 쓰는 일이며, 형태를 흔들어 말에 살아 있
는 운동성과 생명을 불어넣는 일이다. 우리말에서 활용의
역능은 서술어에만 부여된다. 이 사실은 의미심장하다. 인
간이 제각기 살아내야 할 몫은 우리말에서 오롯이 활용의
범주에 든다. 우리말은 "'살다'를 어떻게 잘 살려 쓸 것인
가"라는 문제의식을 바탕에 둔 언어 체제로, 모든 서술어
는 이 질문을 위해 운동하는 것이라고 할 수 있다. 형용하
고 지정하고 움직이면서 삶의 열린 가능성과 익숙한 반복

사이를 오간다. "새 길 없다./생각해보면/어제도 갔던 길이다./다만,/이 생각이 처음이다./말하자면,/피해가던 진실을/만났을 뿐이다."(「처음」전문) "그래, 어디, 오늘도/니들 맘대로 한번 살아봐라."(「가을 아침」부분)

'살다'를 어떻게 활용할 것인가. 김용택의 질문법은 '어떻게 살 것인가'와 유사하면서도 다르다. '어떻게'의 방법이 아닌 '살다'의 행위 자체에, 수식어가 아닌 본체에, 덧붙여진 의미가 아닌 지금 여기의 숨결과 언행에 집중하는 점에서 그렇다. 살아가는 일은 '어떻게'의 방법과 의미 앞에서는 '오류'와 '역부족'을 면하기 어렵다. 몇십년을 살아도 살았다고 할 게 없는 삶의 빈약한 체감과, 한없는 수고를 쏟고도 남은 게 별로 없는 삶의 초라한 내실은, 삶의 본질에 모든 책임을 돌릴 문제가 아니다. '어떻게'에 골몰하는 동안 삶은 강박과 실패의 이야기가 되기 쉽다. '살다'의 충만함이라는 생의 궁극의 목적은 정작 희미해지기 때문이다. 질문을 바꿀 필요가 있다. 얼마나 '살고' 있는가. '살다'를 얼마나 잘 살려 쓸 것인가.

"혼자 버스를 타고 집으로 돌아가는/지금의 이 하찮은, 이유가 있을 리 없는/이 무한한 가치"와 "모자라지 않으니 남을 리 없는/그 많은 시간들을 새롭게 만들어준" "나의 사랑"으로 인해 "남은 생과 하물며/지나온 삶과 그 어떤 것들에 대한/두려움도 비밀도 없어졌다."(「이 하찮은 가치」, 『키스를 원하지 않는 입술』, 창비 2013) 지난 시집에서 김용택은 자신의 삶의 모습을 이렇게 노래했다. 그가 말하려는 것은 사소한 일상에서도 삶의 "무한한 가치"를 추출해 만끽하는 '삶의 연금술'이 아니다. 오히려 정반대의 삶의 기술이다. 가공할 필요가 없고 가공해서도 안될 삶의 원석을 사용하는 법. 이를테면 삶에서 하찮은 일이나 시간은 없다는 것, "혼자 버스를 타고 집으로 돌아"갈 때는 귀가하는 일과 그 시간의 생각과 느낌이 내가 살고 있는 전부라는 것, 그렇게 '나'는 삶에 대한 어떤 두려움이나 의문도 없이 집으로 돌아간다는 것. '혼자다, 버스를 타다, 집으로 돌아가다, 생각하다, 사랑하다' 등은 '살다'의 활용형들로서 '살다'와 대등한 관계에 있으며, '살다'의 부분이자 전체라는 것.

김용택의 최근 시들은 지금 여기의 살아 있음을 최대한 이행하는 데에서 삶의 가치와 행복을 찾는다. 그러한 순간들에 '살다'의 이행은 '살다'의 향유와 구별되지 않는다. 삶의 의미론적 차원과 존재론적 차원이 다 담아낼 수 없는 행위의 차원이라고 해도 좋겠다.

2

김용택은 '어떻게 (살다)'의 강박을 내려놓으며, '살다' 자체의 활용에 몰두한다. 그 과정에서 '살다'라는 동사의 문법적 활용은, '살다'라는 실존의 전생애적 활용과 같은

선상에 놓인다. 삶의 활용에서 삶의 경험들 중 허드레나
나머지는 있을 수 없다. '어떻게'의 방법과 의미 차원에서
는 밀려나기 쉬운 일상의 사소한 일들과, 이름 없고 목적
없는 시간들이 시의 전면이 되고 전부가 된다. 수식어는
필요하지 않거나 최소화된다. 김용택이 '살다'에 붙이는
수식어는 "있는 힘을 다하여"처럼 그 열렬한 강도를 묘사
하는 정도다. 역설적이게도 이런 말은, 더없이 치열했으나
스스로는 그것을 알지 못했던 무량한 삶을 위해 쓰인다.
"어머니는 해와 달이, 별과 바람이 시키는 일을 알고 그것
들이 하는 말을 땅에 받아적으며 있는 힘을 다하여 살았
다."(「받아쓰다」) 대자연의 섭리에 순응하는 삶의 가없는 성
실성은 개인과 역사를 초월해 계승된다. "어머니의 눈에
는 깊고도 아득한,//인류의 그 무엇이 있다.//살아온 날들
이 지나간다."(「우주에서」)

김용택은 '살다'의 다채로운 활용과 함께 삶의 여러 일
을 단출하게 그려낸다. 김용택이 가장 먼저 취하는 '살다'
의 활용형은 과거형이다. "살았다." 지금 이 순간을 기점으
로 지나온 생을 단 한마디로 축약하는. "덜 것도/더할 것
도 없다."

농부의 아들로 태어났다.
초등학교 선생이 되어 살았다.
글을 썼다.

쓴 글 모아보았다.
꼬막 껍데기 반의반도 차지 않았다.
회한이 어찌 없었겠는가.
힘들 때는 혼자 울면서 말했다.
울기 싫다고. 그렇다고
궂은일만 있었던 것은 아니다.
덜 것도
더할 것도 없다.
살았다.

─「그동안」 전문

　"살았다"라는 말은 언어이면서 언어 이상이다. 살아온 날들의 전부를 가리키면서, 삶의 많은 부분이 이미 지워져 빈 곳으로 가득하다는 것을 피력한다. 삶은 결코 정확하게 지칭될 수 없으며 서술될 수도 없다. 어떤 어휘로도 재현할 수 없는 삶의 전체성을 김용택은 "살았다"라는 한마디로 일갈 혹은 일축하면서, "덜 것도/더할 것도 없다"라고 그 서술의 불가능성과 헛됨을 못박아둔다. "살았다"라는 가장 간결한 사실 진술이, 살아온 날들에 대한 최상의 진술이 되는 아이러니가 생겨난다. "농부의 아들로 태어났다./초등학교 선생이 되어 살았다./글을 썼다./쓴 글 모아보았다." 설핏 곁들여놓은 약간의 세부 사항조차 "살았다"로 수렴되는 이 시는 덜어내고 비워낸 마음으로 삶을 대하

려는 마음가짐을 드러낸다.

이 비움은 삶의 공백과 연결되어 있다. 삶에는 당사자조차 알 수 없는 수많은 공백과 익명의 시간이 존재한다. 삶의 내용은 빈 곳이 더 많고, 기억한다 해도 그것을 부를 꼭 맞는 이름을 우리는 갖고 있지 않다. 삶을 회상하고 진술하기 위해서는 공백과 익명성을 감수하는 것을 넘어, 필연적으로 그에 의존해야 한다. 김용택은 삶의 공백과 익명성에 대한 통찰을 담아 '어느날의 시론'을 작성한다. '어느날의 인생론'을 겸해서다.

나는
어느날이라는 말이 좋다.

어느날 나는 태어났고
어느날 당신도 만났으니까.

그리고
오늘도 어느날이니까.

나의 시는,
어느날의 일이고
어느날에 썼다.

―「어느날」 전문

돌이켜보면 삶의 날들은 모두 "어느날"이었다. 어느날에 한 일과 어느날에 맺은 인연의 누적이었다. "어느날"이라는 익명의 이름은, 많은 편차가 있었으나 저마다 유일했던 날들을 평등하게 호명한다. 그럼에도 각각의 날들의 고유성과 차이를 훼손하지 않는다. "나는/어느날이라는 말이 좋다". "어느날"은 어떤 날도 배제하지 않으며, 모든 날을 동일시하거나 획일화하지도 않는다. 대상을 특정하지 않지만, 그 덕에 언제나 오류 없이 '그날'을 정확히 지칭한다. 그날이 언제인지 알지 못해도 문제될 것은 없다. "어느날"은 모든 날이 공유하는 이름이자, 모든 날이 각기 제 것으로 온전히 소유하고 있는 이름이다. 그러니까 '나'의 삶은 모두 같은 이름으로 불리지만 저마다 다른 내용을 펼쳐놓는 "어느날의 일"들이었다. '나'는 "어느날의 일"인 "나의 시"를, 역시 "어느날에 썼다".

짐작하겠지만, 김용택에게 "(시를) 썼다"는 "살았다"에 버금하는 총체적 수준의 활용형이다. 위의 시 「어느날」은 앞서 살펴본 시 「그동안」의 다른 버전으로, '살았다'가 '시를 썼다'로 변주되었을 뿐 서로 닮은꼴을 하고 있다. 두편의 시는 김용택이 앞으로 쓰는 모든 시들의 전사(前史)이자 원형의 성격을 지닌다. 김용택은 '살다'를 '시를 쓰다'로 자연스럽게 행하고 충족하기를 소망한다. "어느날이었다./산 아래/물가에 앉아 생각하였다./많은 일들이 있었고/또 있겠지만,/산같이 온순하고/물같이 선하고/바람같이 쉬운 시를 쓰고 싶다고"(「오래 한 생각」). 자연의 섭리를 거울삼아 행하는 시 쓰기는 단지 삶에 관해 쓰는〔書〕 일이 아닌, 삶을 그에 근접하게 살려 쓰는〔活用〕 일이어야 한다. "새벽에 일어나/시를 쓰고, 쓴 시를 고쳐놓고 나갔다 와서/다시 고치"(「베고니아」)는 수고쯤은 마땅히 감수해야 하며, 정직하고 고단한 삶 앞에서 힘들게 쓴 시를 지우는 일도 예사로 해야 한다. "번개가 치고 천둥이 운다./이렇게 비가 오는 밤이면/아버지는 밀짚모자 쓰고/도롱이 입고 삽 찾아 들고/번갯불로 길을 찾으며/논에 물 여의려 갔다./나는 퍼뜩 일어나/새로 쓴 시 몇줄을/얼른 지웠다." (「새벽」 전문)

한줄의 글을 쓰고 나면
나는 다른 땅을 밟고 있었다.
내가 낯설었다.
낯선 내 얼굴이
나는 좋았다.
그가 나를 보며
나직이 말했다.
살아보라.

—「한줄로 살아보라」 전문

"한줄의 글을 쓰고 나면" "다른 땅을 밟고 있"는 '낯선 나'가 생겨난다. 그가 나에게 말한다. "살아보라." 시를 쓰며 삶의 다른 땅에 서게 된 나는 "살아보라"는 명령을 스스로에게 내리고 받아든다. 이 명령은 "살았다"로 집약되는 지금까지의 날들과, "살아보라"로 준엄하게 압축되는 지금 이후의 날들을 비대칭으로 마주보게 한다. "어머니는 살다가보면 무슨 수가 난다고 했다. 세상에는 내가 가보지 못한 수가 얼마나 많은가."(「받아쓰다」) "살다가보면" 전혀 새롭게 나게 될 "무슨 수"를, 미처 가늠할 수도 없는 "내가 가보지 못한 수"를 살아내는 일이 '나'의 미래다.

3

김용택은 "살아보라"는 명령형으로 맞닥뜨린 미래의 삶을 구체적인 행위로 변주한다. '돌아가다'가 그것이다. 이번 시집에서 김용택은 세가지의 '돌아가다'를 이야기한다.

첫째, 흙으로 돌아가다. 모두에게 예비되어 있고 누구나 다다르게 될 '살다'의 마지막 활용형. 흙으로 돌아가는 일은 마땅히 흙 자체가 되는 일이어야 한다. 수선스러울 것도 거추장스러울 것도 없어야 한다. "산이 서서 말한다./알았다. 알았으니,/그만 돌아가거라.(「그날」)

내가 죽은 후
이삼일 기다리다가
깨어나지 않으면 화장해서
강 건너 바위 밑에 묻어라.
사람들이 투덜거리지 않도록
표나지 않고 간소해야 한다.

　　　　　　　　　　　　　　—「생각난 김에」부분

　둘째, 고향으로 돌아가다. 김용택은 근래 섬진강 가의
진메마을로 돌아가 정착했다. 우리 현대사의 한 줄기를 생
명력 넘치는 남도의 서정으로 형상화한 「섬진강」 연작의
발원지가 된 곳이다. 현대문명은 '고향 상실'을 통해 건설
되었으며 현대인에게 고향은 '떠나온 순간부터 돌아가고
있는 곳'을 의미한다. 현실에서 귀향한 김용택의 시는 이
역설과 멀어진 대신, 많은 현대인에게 '오래된 미래'여야
할 고향의 삶을 계속 현재형으로 공급하는 역할을 한다.
김용택은 과거와 현재, 도시와 농촌, 문명과 자연 등 두개
의 다른 시간과 공간의 끊어진 선을 다시 이을 수 있기를
바란다. 가령 아래의 첫번째 시는 고향의 옛일을, 두번째
시는 고향의 현재 일을 묘사하는데, 현재는 과거의 풍경을
적잖이 물려받고 있다.

비탈진 앞산 밭에서는 닥나무들이 자랐다.

아버지는 소를 따라 밭을 갈았다.

그 뒤를 따르며 큰집 할머니가 보리씨를 뿌렸다.

그 뒤를 따르며 어머니가 몽근 거름을 뿌렸다.

나와 동생들이 어머니 뒤를 따르며

보리를 덮었다. 털이 뭉개진 소 잔등 멍에를 벗겨주고

—「보리 갈던 날」부분

이장 내외는 다슬기를 잡으러 간다.

현수 어머니는 버스를 기다리며 전봇대 아래 앉아
있다.

종길이 아재는 경운기 타고 강 건너 간다.

종길이 아짐은 고추 순 집는다.

재호는 이앙기로 모내기한다.

(…)

우리 집 뒷집 정수네 빈 집터 키 큰 옻나무는 하루 종일
바람에 흔들렸다. 그 위로 새들이 날아다녔다.

—「동시다발」부분

셋째, 집으로 돌아가다. 고향으로 돌아가다와 겹치기도
하지만, 고향으로 돌아가지 못하는 현대인도 집으로 돌아
가는 일은 매일의 일상에서 경험하는 일이라는 점에서 차
이가 있다. 물론 '집'의 진정성을 논한다면 문제는 복잡해

진다. 집으로 돌아가면서 김용택이 이행하고 향유하는 삶의 넉넉한 활기는 이미 살펴보았거니와, 그는 흙과 고향과 집으로 돌아가는 세갈래의 여정을 굳이 분리하지 않는다. 이 여정이 끝내 한곳으로 모여 마무리될 것임을 아는 까닭이다.

김용택은 지금, "몇해를 걸어" 자신이 도착한 곳이 "도로 여기"임을 확인한다. 떠났던 자리로 다시 돌아오는 일이 평생의 고단한 여정이었음을, 어느날에 아버지가 결국 "빈손"으로 돌아오고 돌아갔듯이 나 역시 빈손으로 "도로 여기"에 도착했음을 알린다. "내가 죽으면 여기 묻어라". 아버지의 유언은 간절한 당부이자, 자신의 운명에 관한 한 치도 틀리지 않은 예언이었다. "살아서도 죽어서도 여기다." '여기'에서 벗어날 수 있는 삶과 죽음은 없으며, 우리의 '도착'은 '여기'에 이르는 점에서 모두 같다. 김용택의 '어느날'이 삶의 모든 시간이 나누어 갖는 공동의 이름이라면, '여기'는 삶의 모든 장소가 나누어 갖는 공동의 이름이다.

도착했다.
몇해를 걸었어도
도로 여기다.
아버지는 지게 밑에 앉아
담뱃진 밴 손가락 끝까지

담뱃불을 빨아들이며
내가 죽으면 여기 묻어라, 하셨다.
살아서도 죽어서도 여기다.
(…)
모든 것이 어제였고
오늘이었으며
어느 순간이 되었다. 비로소
나는 아버지의 빈손을 보았다.

—「도착」부분

"또다른 생인 것처럼 나는/오늘 아버지의 물가에 도착하였다." 이 시의 끝부분에서 '나'는 '또다른 생'의 가능성을 담담히 응시할 뿐, 긍정하지도 부정하지도 않는다. 수많은 '어느날'을 살아, 빈손을 확인하며 살아서도 죽어서도 하나같이 '여기'에 도착하는 것. '살다'의 갖은 활용은 누구에게나 비슷하게 흘러가는 삶의 이야기를 위한 무위의 노고에 불과할지도 모른다. 이를 완전히 부인할 논리가 우리에게는 없다. 하지만 여전히 삶은 미리 결론지을 대상이 아니라, 매순간 살아내야 할 전체로 우리 앞에 놓여 있다. 결말을 이미 알고 있다고 해도 상황은 달라지지 않는다. 이 시집에 많이 등장하는, 인간적인 시선을 걷어내며 마을의 풍경을 무심하게 그린 시들은 '살다'를 살려 쓰는 모범적인 예들을 자연으로부터 가져온다. '있다, ~이다,

하다'로 구성되는 삶의 하루하루가 어떠해야 하는가에 대한 김용택의 생각은 분명하다.

강이 있다.
건너면 산이다.
산이 시작되는 곳,
밤나무들이 서 있다.
감나무가 있고, 올라가면 묵정밭이다.
(…)
바람이 불고
새들이 바람 속을 날아다녔다.

—「하루」부분

金壽伊 | 문학평론가

내가 태어나고 자라 살던 마을로 왔다.
내 인생이 시작되었던 곳에 도착한 셈이다.
시를 정리하면서 어디서 많이 본 듯한데,
또다른 새 얼굴들이 보여서 설렜다.
참새와 잠자리가 같은 전깃줄에 앉는다.
발등을 내려다본다.
속셈 없는 외로움이 사람을 가다듬는다.
강가가 차차 환해진다.
아버지에 대한 시를 쓰면서 편안함을 얻었다.
홀로 멀리 갈 수 있다.

2016년 9월
김용택

창비시선 401

울고 들어온 너에게

초판 1쇄 발행／2016년 9월 9일
초판 15쇄 발행／2024년 11월 1일

지은이／김용택
펴낸이／염종선
책임편집／김선영
조판／박지현
펴낸곳／(주)창비
등록／1986년 8월 5일 제85호
주소／10881 경기도 파주시 회동길 184
전화／031-955-3333
팩시밀리／영업 031-955-3399 편집 031-955-3400
홈페이지／www.changbi.com
전자우편／lit@changbi.com